# 死んでしまう系のぼくらに

最果タヒ

リトルモア

もくじ

死んでしまう系のぼくらに

死者は星になる。
だから、きみが死んだ時ほど、夜空は美しいのだろうし、
ぼくは、それを少しだけ、期待している。
きみが好きです。
死ぬこともあるのだという、その事実がとても好きです。
いつかただの白い骨に。
いつかただの白い灰に。白い星に。
ぼくのことをどうか、恨んでください。

望遠鏡の詩

# 夢やうつつ

「わたしをすきなひとが、わたしに関係のないところで、わたしのことをすきなまんまで、わたし以外のだれかにしあわせにしてもらえたらいいのに。わたしのことをすきなまんまで。」

土曜日はしんだふりの練習をして、花畑を何重にもつみかさねた実験場で、ゆっくりとしずんでいきたい。うすくらがりのなかでみる花束が想像以上にきれいでなくて、美人のともだちのかおが、暗闇ではほとんど美しくなくて、けっきょくきれいだったのは光だけだったんだと思った。言い残したこともないのに、深海ではいきものがくちをぱくぱくとさせて、泣いているね。わたしはきみたちのきもちを知っているよ。

遅くでいいから、愛してほしかった。わたしがしんでも、わたしが目の前に永遠にあらわれなくても、愛してほしかった。どこかでラッパの音がする。きみのほほに風がたどりつく。そのとき、どこにもいない、知らないわたしのことを、ぎゅっとだきしめたくなるような、そんな心地に一生なって。愛はいらない、さみしくないよ。ただきみに、わたしのせいでまっくろな孤独とさみしさを与えたい。

# きみはかわいい

みんな知らないと思うけれど、なんかある程度高いビルには、屋上に常時ついている赤いランプがあるのね。それは、すべてのひとが残業を終えた時間になっても灯り続けていて、たくさんのビルがどこまでも立ち並ぶ東京でだけは、すごい深い時間、赤い光ばかりがぽつぽつと広がる地平線が見られるの。


東京ではお元気にされていますか。しんだり、くるしんだりするひとは、きみの家の外ではたくさんおきるだろうけれど、きみだけにはそれが起きなければいいと思っています。ゆめとか希望とかそういう、きみが子供の頃テレビからもらった概念は、まだだいじにしまっていますか。それよりもっと大事なものがあったはずなのにと、貧乏な部屋の中で古いこわれかけのこたつにもぐって、雪のニュースを見ながら考えてはいませんか。

きみが無駄なことをしていること。

きみがきっと希望を見失うこと。

そんなことはわかりきっていて、きみは愛を手に入れる為に、故郷に帰るかもしれないし、それを、だれも待ち望んですらいないかもしれない。朝日があがってくることだけが、ある日きみにとって唯一の希望になるかもしれず、死にたいと思うのも、当たり前なのかもしれませんね。

当たり前なのかもしれません。

しにたくなること、夢を失うこと、希望を失うこと、みんな死ねっておもうこと、好きな子がこっちを向いてくれないことが、彼女の不誠実さゆえだとしか思えないこと。当たり前なのかもしれない。

きみはそれでもかわいい。にんげん。生きていて、テレビの影響だったとしても、夢を見つけたり、失ったりしていて。

きみはそれでもかわいい。

とうきょうのまちでは赤色がつらなるだけの夜景が見られるそうです。まだ見ていないなら夜更かしをして、オフィスの多い港区とかに行ってみてください。赤い夜景、それは故郷では見られないもの。それを目に焼き付けること、それが、きみがもしかしたら東京に、引っ越してきた理由なのかもしれない。

きみにとって大切な本がだれかに燃料にされる夜
光が空にのぼっていって、夜の闇に飲まれる時間
おめでとう　きみは幸福かどうかなんかより
考えなくちゃいけないことがたくさんある
眠気や食欲、性欲について。
ぼくらに、知性などない
ただの獣でしかない夜は、ひどい寂しさが落ちてくる

図書館の詩

恋がぼくを殺しにきました。
うつくしい風が、ほほを撫でる。
過去、だれかが死んだとき、
爆破のとき、スカートをめくったとき、
ふいた風がいま、きみを撫でる。
時間の先にあるものが、無意味だとして、
ぼくは、それでもただきみをみつめて、生きていく。
ぼくの、人生に価値や意味があるのか。
きみがいれば、
ぼくなどいなくても変わらない、そのことが好きです。
きみが好きです。

ライブハウスの詩

# ぼくの装置

ぼくのことをきらいなひとがたくさんいるきがするし、
実はそんな人すらいないようなきもする、今日も、撃ち
殺されなかったと泣きながら眠る夜はただ一人で、夜の
重さに苦しみながらシーツに溶けられないことをうらみ、
朝に叩き起こされる。
あいされたい
それはべつに深刻ではなく。ころされたい、でもいい。
ぼくの、結婚式への憧れは葬式の憧れ。だれでもいいか
らぼくを深く憎み深く愛し、それでいてその感情に焼け
死んでぼくには無干渉でいてくれたら。
ひとはぼくのことを認識させる為の装置。それだけだね。
細い首に糸をかけて、だれでもひけるように路上に垂れ
ても、あるひとは赤い糸だという、そしてひろいあげ、
この先に、わたしを愛してくれる人がいるはずだと、嬉々
として走ってくるのだ。

しにたい。
そいつがドアをノックするまでに。
せめて他殺で。惨殺で。

## 絆未満の関係性について

もうわたしのことなど忘れてしまっているだろうけれど、と、言えばきっと「そんなことはないよ」と言ってくれるだろう。けれどそう言うまでは忘れられているのと同じなのだから、これは、縁が切れたということなのだ。簡単につなぎなおせるけれど、だれも動こうとしないから、ぷちぷち切れていく縁というものが死と同じぐらいの頻度で地球上で起きていて、それは、喧嘩よりもたちがわるい。永遠でないのに、臆病さが一瞬を永遠にしてしまっている。

絆未満の関係性が今日もどこかで、絆に変わる。愛情のことや友情のことを語りながら、簡単に、わたしたちだけの距離が、規格化される。乱暴をされる。中途半端に空いていたお互いの距離に、それまでサンドイッチを置いていたね。だれも理解できないことだった。だれもこの味を知らなかった。わたしがかみさまなら、あなたとのこの関係性にあたらしく名前を付けて、友でも恋人でもなく、あなたの名前をつけていた。わたしがかみさまなら、あなたのことを、好きとも嫌いとも大事とも言わず、ふと出会ったそのときに、いっしょに食事をとっていた。

わたしの頬は月に寄り添い、彼は静かに溶けていく
頬につたうその水はいつか海のような夢になり
わたしを浮かべ沖へと流す
過去や明日が全て、同じ時間かのように横たわる時
わたしはすべてを忘れ、すべてを知って、眠るの
寝顔が可愛いのは少し死んでいるからよ、
そうだれかが隣で囁いている

まくらの詩

大切なものが死んだあとの大地はすこし甘い匂いがする
ベランダにあったはずの蝉の死骸がなくなっていて
生き返ったのかなとご飯を食べながら平然と思う
精神の健康なんてどこにもないよって知っているのは私だけ
悲しいことを泣き叫ぶ以外の方法を
もっている生き物に生まれたかった

線香の詩

# 恋文

死がわくとき、その頭上のあめつぶに、しろいカササギが一羽とまること、てんという足音がちいさく響くことに、あまりにも騒がしい葬儀の中で、人はいつまでも気づけずにいる。死の周囲はいつでもうるさく、喧噪。粗い粒子の会話がゆきかい、しんだひとに近しいひとほど、口をつぐむ。えいえんの沈黙を中央にして。

愛を、と、言えない。

夢を、と、言えない。

遠いところで、蛍がまた、光って、人を喜ばしているね。温泉街、かもしれないね。

わたしたちはだれも、このことについて語るすべをしらずに、いつかやってくる死にまきこまれて、眠る。あいされたいと言うまえに、生きたかったと、生きていてほしいと、きみの頬につげたい。わたしは、きみしかしらない。きみの息を、きみの脈を、永遠につないでいきたいと、無為に願ったこと。おそろしいね。深い欲だ。いつかかならず裏切られるのに、わたしはきみが死ぬこと、永遠にゆるせない。

# 緑

霧のない場所で、うるおった葉がかくしている、あの道。その向こうに建つ家の、奥に座り込んでいる、わたし。朝霧のこない場所。ふかふかのふとんみたいな、大地。月のような星。海のない星。太陽系よりずっと外れた場所で回転している星。

名前がありません。ひとりだといらないものです。動物たちはすべて、滅亡したあとです。草花はすべて、人工物です。水を吸い上げもせず、乾燥もせず。枯れません。緑色のえのぐを空間にぬりたくったのと、大して変わりません。

毒物を試す方法がない。どんな食べ物もわたしの体で試してみるしかない。だからいつかわたしは、毒殺され、ここで倒れているでしょう。けれど大して変わりはない。たおれているか、座り込んでいるか。生きているか、死んでいるか。たいして変わりはありません。変わるのは、わたしが土に帰り、家が崩れ、緑だけが残されたとき。
２千年後。

私達のこのセンチメンタルな痛みが、疼きが、
どうかただの性欲だなんて呼ばれませんように。
昔、本で読んだ憂鬱という文字で、かたどられますように。
夜のように私達の心は暗く深く、才能豊かであるように。
くずのようだと友を見ています。
軽蔑こそが、私達の栄養。

文庫の詩

不幸であれば許される気がした
愚かなのは自分だということを忘れて、他者をにくむこと
ぼくのマッチ　線香に火をつけるため
きみが死んだときいたから　きみに恋をしたんです
愛する人を失うショックで
いい絵を描きたい、詩を書きたい

マッチの詩

## きえて

かなしくはないけれどさみしい、という感情が、ひとの感情の中でいちばん透明に近い色をしているってことを、知っているのは機械だけで、わたしは名前を入力しながらなんども肯定の言葉を抽出した。ゆめのなかで死んだひとが生きていることや、愛が実在していること。都合のいい世界は破綻していつだってこわれていくことを、音楽みたいにきいている。朝から夜までだれも迎えになどこない。でんわがなると、そこに機械音が、きこえてくる世界で、わたしはともだちというものを探し歩いている。

ぼくらの星のてんさいたちは、全員生まれてくるのをやめて空の上で料理を作っている。生きる前からしんでいるかれらはそのうち分解されて酸素になるんだろう。70億人ふえたって、だれとも肩すらふれあわないから、大勢が死んだニュースに涙すらこぼれない。

わたしが悪魔になったのはみんなが悪い。あかいろやあおいろの信号しか見ていない。夜。昼。ともだちができなかった。それだけが原因だった。ゆめのなかの幻覚に、つれさられて殺されたいと、願うぐらいにさみしくて、かなしさだけが足りなかった。

# 夜、山茶花梅雨

私はもう死んでいるよ。東京のひと、私の名前は遠くへとんでいけるけれど、私はもう、死んでいるよ。どこかへ閉じてしまって、溶けて川と海になっていくよ。愛して、という言葉が私を通り過ぎて、山の土にもぐりこんでいく。夜の色でくるんだごはんを、ほおばりながらこどもたちは息をしている。きみのしらない場所で、だれかが死んだとして、それにきづき弔うことも出来ないのに、優しさという言葉が優しく、きみを形容してくれる。

「死を弔うことが優しさの証明になるから、
みんな殺し合いをするのかなあ。」

ニュースにならなかった事故や事件はいったいどこにいくのだろう。

私のすれちがってきた人のうち、どれだけがむごく死んでしまったのだろう。


平和ってすてきね。

お紅茶のにがみがおいしいのは、きっとそのおかげね。

わたしもきみも心が優しい。だから、心優しいコオロギみたいに、今日もお通夜に参列します。愛とか夢とか言っていたら、美しく優しくなれた気がする。たくさんの人が死んでいくけど、私たちには関係がないね。

ぼくに生きてほしいと思ってくれるひとが
いなくなった夜に　台所で
冷蔵庫を開けて　牛乳をありったけ飲んだ
ぼくに生きてほしいと思ってくれるひとがいない世界で
今も母親の牛が　子どもにお乳を飲ませている
みんなを愛する博愛なんて信じないけれど
だれかがだれかに贈った愛を　おろかに信じてしまうのは
ぼくにも母がいたからだろうか

冷たい牛乳の詩

嫌いという気持ち、とじこめる場所
なんでという叫び、閉じ込める場所
好きという言葉、閉じ込めた場所
わたしたちにはきっと２つ目の心臓がある
つらいとき、痛いとき、簡単に死んでしまえるように
すぐに生き返れるように
女の子だけの２つ目の心臓

ブラジャーの詩

# 2013年生まれ

私は現代が好き。過去の人なんて会ったことがないからキョーミないし、未来の人なんて尚更。なんで過去の保存を私たちがしなきゃいけないのか、なんで未来のために私たちががんばらなきゃいけないのか、わからない。永遠に今でいいよ。もう誰も生まれなくていいし、だからもう誰も、死ななくていい。

きみを幸福にできる可能性が死以外にないとき、意外とみんな、あっさり死をすすめる。うそだろうと、思っても、それ以外の道はないのだと、世界中が示してくる。そのとき、飛び降りるビルの屋上へのドアが偶然開いていて、なんて奇跡だと思うかもしれない。しねるとおもうかもしれない。ちがうよ。きみは、今から殺されるんだ。

明るい馬車がきみ以外のひとのために、夜の街道を走っている。おひめさまになれたひとや、勇者になれたひとが、ふかくしあわせな眠りに落ちて、きみだけが浮力を得たみたいに、大気圏と宇宙のはざまに漂って、ひりひりと宇宙線が痛んでいる、そんな日に、たとえばだれかが世界を滅ぼしてあげるといってくれたらきみは一瞬とてもうれしくて、それがとてもそのあと、辛くひりひりと痛むようになるだろう。でも大丈夫、私が、世界を何度だって作り直してあげる。世界が滅びるなんて、なんてこともないんだよ。なんどだって、にくめばいいいし、なんどだって殺せばいいんだ。世界は人じゃないから、尊くなんて、ないんだよ。

ビル、海、山、光のさす窓のさっし、カーテン、ゆれることでみえる風や、わたしたちの肉体。大丈夫、こんなものはいつだって、数億年で作り直される。きみは死んだらおしまいだから、だから私は何度だって、死ぬなっていうし、世界を憎もうっていうよ。

# 死者と死者

私死者だわ。生きてないわ。息をするより早く、電車が走り、移動をしながら影をまきちらし、どこにも足跡を残すことはないまま海へと帰っていくつもり。光っている星の数が、少しずつ変化していることにも気づけないまま、私は死んでいくから、宇宙に少しだってかかわることはできない。人類史はどこかのだれかが動かしていて、私は、ただそこであってもなくてもいい部品として生きている。

ほんとうに必要とされるのは、女性ではないってこと。人間ではないってこと。星にとって、それらがなんの意味も持たないってこと。存在って何。ライオンが、キリンを狩るよりも無意味な、私の裁縫や天体観測。せめてだれかを殺したり生んだりすれば、ちょっとは変えられるのかもしれなかった。

私に気づいてもらえるなら、なんだってするわと隣のクラスの女子が言った。彼女、誰を生むこともなく殺すこともなかったのだから、優しかった。冬の自殺。けれどみんな、とっくに聞き飽きた話題だった。

# 渋谷

猫ばかりかわいがるきみは気持ち悪い。私のおなかに星があること、そこにたくさんのひとが暮らしていて、たいていはきみがすきみたいだよ、って話。意味、わかったのかな。きみが私を女の子と呼ぶあいだ、私はスカートを履いている、なんて嘘さ。好きを脚色すると、興奮するね。死にたくなる。忘却の中で、ぶらさがってはっきりしている性欲とか、生理とか。恋せよって先生が言った。だれでもいいような世界にでていくのだから、だれでもいいような、気持ちで愛を語ってごらんって。名言だ。大好き。心臓をきみに差し出す気持ちで、私が言って届かない時間。きみは別の子と手をつないで楽しそうだね。

女の子は悪魔だと思うし、だから死ねって言われたい。殺意をかざった美人が、今日も私のかわりに死んでいく。私のこと、才能ないっていわないで、欲しいものはいつでも、お金で買えるものだった。

血が通ってないぐらい白い肌になりたいね。
愛について語れるぐらい、最低になりたいな。
寿命で死ぬのはブスって、きみに言われて生きてたい。

# きみへ

大丈夫だよと言うことが、愛情よりずっと重くあたたかく、きみの胸にとどくこと、本当はすごく悔しいんだ。細い道を、歩いて、手をつなぐことになんの意味があるのかわからないけれど、きみはそうしたいらしい。人間だよね、きみはちゃんと。生きて、つながること、コミュニケーション、ちゃんと知っているよね。私の瞳にきみが映ることですべて、きみに伝わればいいのにって思う。きみに命も心臓も捧げないよ。

私には、人を好きになる内臓がついてないって、言われたことがあるんだ。いつか好きになる人がこの空の下にいるんだろうかって、小学生の頃、さかあがりの練習しながら思っていたよ。愛情について語るのは、喉が渇いている証拠なんだって、いつもペットボトルを手放さなかった。好きと嫌いの隙間に挟まったぺらぺらのレシートみたいな感情が、「自分」っていうものなら、ないほうがまだかわいいって、クラスメイトはみんな気づいていたよね。

今までたくさん好きな人がいたひとは、ひとりずつ順番に、大嫌いになっていくのかな。捧げた心臓は返してもらって、もういちど胸におさめているのかな。いつか醜くなりたい、醜くなって、きみに嫌われて、軽蔑されて、きみがやさしくなければやさしくないほど、きみにやさしくしていたい。

音楽がなくても生きていける
恋をしなくても友達がいなくても
夢がなくても才能がなくても生きていける
獣みたいに餌を食べて体育をして生きていける
私の名前　それをノートに書いて　くりかえし自分で読んで
読んで　読んで　はい、と答えて　私

ヘッドフォンの詩

きみをだいじにおもうこと
欲望がきちんとぼくにあること
生きていること　血が、服につくと汚いこと
きみはすべてが汚いと涙する
夜が落ちてきて　きみの涙に光をためて
ぼくがそれだけを見つめ　ねむること
ずっと泣いていてほしい
失望してやっと、きみは美しくなる

電球の詩

女の子の気持ちを代弁する音楽だなんて全部、死んでほしい。
いろとりどりの花が、腐って香水になっていく。
私たちが支配したいのは他人の興奮だなんて、
どうしてみんな知っているの。
豊かな化粧品・洋服。私たちは誰にもばれないよう、
獣に戻りたかった。
うすぎたない匂い。火事にとびこんだらすぐに、
裸にならなきゃいけない。そう習った夜。
死ぬな、生きろ、都合のいい愛という言葉を使い果たせ。

香水の詩

LOVE and PEACE

才能は死のまえでは無力なの。あしたがこないからその人はもうなにも作れないの、思わないの、感情がわかないの。雨の日なのか晴れの日なのかも気づかないで、ただぽかんと過去があるの。そのひとが昔にいたという過去だけになり、まるで丸い円を、運動場に書いた、ただそれだけの過去と同じになる。

生命は尊いというひとたち。愛情は尊いというひとたち。そのひとたちにとって、生きていないひとは尊くなくて、すきじゃないひとは尊くないのかな。きのうはバスにのっていて、いろんなひとが席を取り合っていた。あしたからはもうバスにのりたくない。いろんなひとの悪口の、思い合いが窓をにごらす。

60億人の人がわたしに、愛する人がいるからきみなんか必要ないよ、と言っている。それは、「私には愛する人がいます」という言葉で伝えられている。すばらしいことです、とみんなが言う。すばらしいとばんざいをしている。たとえば世界の終わりでたったひとり助けられるならば、愛する人を助けますと言い、わたしはつまり、死んでしまえと言われていた。緑色の山の中で青い湖がある、それは天国よりも美しい景色だけれど、きっとこの人は愛する人に、きみだけにと教えるのだろう。だからわたしはこの景色を永遠に、知ることができないでそのまま寿命で死んでしまう。

# 骨の窪地

巨大な星から見たら、スペースシャトルが地球を跳ねるノミみたいにみえるってこと。瞳が大きいことで強くなれた気がする女の子。
無償の愛以外いらない。私からは愛は生じない。
今日もピンクのものを買った。きみを買えたら早いのにって、いう嘘。きみがいなくても恋をした愛をつくった結婚しただれかとの子どもを産んだ幸せな家庭それがずっと地球の上でくりひろげられて私は優しくほほえんでいる。

死んだ人がいた、あるいているところに倒れていてかわいそうだった、ねずみ花火をおいかけていた。きみによばれてすぐにもどったけれど、あの人はちゃんと生き返っただろうか。電池の切れた星が、重力をはきながらきみの家におちていく。いつか死ぬかな、きみは死ぬかな。そしたら私は次、だれと恋をしようかな。

女の子を侮辱しよう。

おまえらは悪魔だと侮辱しよう。いつか泥まみれになって、泥を産んでそれをひっしで人間にしようと、あがくんだろう、と笑おう。恋について、語ったことがありますか？　YES or NO。はい、すべて、血をぬいたら、だれでも青白くひかって、きれいな蛍光灯になるんだ。そのことを教えてあげたかった。きみが好き。嘘のようにきみを守り続けて、泥にならないで、誰にも恋しないで、騙されないで、そのまま、静かに閉じて、ゆくあてのない無償の愛を腐らせて、死んでほしかった。星がきみをのろっている。きみは、息をして、気づかないで、さみしさは、私の骨の窪地にあずけてしまって。

# 瞳の穴

さみしさはわたしの瞳に穴をあける。
失恋の数だけ、子どもを産めば、心をうめられるよって、きみは言ったし、わたしはきみの足首を海にひたしていた。死ね、生き返れと、言われつづけるような人生でした。きみが引き裂かれながら、わたしを産んでくれたらいいのに。砂漠から生えた木々が地球を枯らしていく。

動物。メスが死んで、あわてて、別のメスをあてがって、子どもを作らせること。あたりまえなんだって。生きているといろんなことがあるわよね、ときみの葬式で語られて、ほほえんでうなずく私を、私は内側から撃ち殺せるだろうか。いつか、きみは海に落ちて、消えてしまう。恋や、愛について、語っていたのが無意味だったと知る。私のなかにあった概念を、きみがすべて、つくりあげていた。孤独すら、きみがいない世界では、ありえなかった。わかりもしないのにやさしく、だれのでも背骨をなでて無償の愛をささやくような、そんな化け物に、なりはてる。名前以上の意味がない生き物。私はきみに会いたかった。生物学的に、惑星としても、死者に会うなど不可能であることが、まるで宇宙を殺したいと言っているようだった。きみを追って死ぬことも、だれかを生むことも、なにもその非現実にむすびついていかないあいだ、星が巡る。血が巡る。息をして、風が通る。葉がおどる。私という存在について、きみは、知っていましたよね。私は知らなかったんです。なにも。

私は美しいことを言えない
美しい顔を持たない
美しい服は似合わず
あなたに美しい感情を抱かない
ただ、あなたが二十年ほど前どこかの病院で生まれたこと
家族や友人に愛されてきたこと
それを推し量ることが出来る
私の人らしさはそこにしかないのです

花束の詩

しにたいような消えたいような
水族館に行きたいだけのような心地で、
街をあるく時間。クリスマス、イルミネーション。
わたしに関係ない世界ほど、きらびやかで明るい時代。
いるはずなのに、いない気がする。
歩いているのに、いない気がする。
しにたいような消えたいような、
水族館に行きたいだけのような、チューインガム
みたいな切なさのために、わたし、死ぬ必要なんてないよ。
口を隠して、鼻を隠して、
世界からわたしを見えなくすればいいだけの、
簡単な自殺をしよう。

マスクの詩

## さよなら、若い人。

愛してと、お前じゃないよを繰り返して、きみはどんなきれいな女性になっていくんだろうか。細い糸をたどれば愛がみつかる予感、いつのまにか気のせいだと気づいたのに、指をきりながらいまも、糸をたぐっているね。きみにすきだと言いたかった人は、何人もいて、だれもがきみにとっては取るに足らない人だったこと。すごいことだ。神様になったような予感がする。それが、青春の罠だよ。平凡なまま、老人になっていく。気づいたら、死のとなり。若くして死ぬことに、美しさを見いだすのはきみが老いを恐れているから。
さよなら、若い人。
きみは飛び降り自殺ができない。
美しい肌がよれていくこと、
目がしぼんで小さな穴になること、
魂がせめて美しい星になればと、願うような、
そんなかわいいおばあさん、
こんにちは。
一緒に、私とお茶しましょう。

## わたしのこと

なにが恋なのかなんて誰もわかってないのに、また誰かが誰かに説教している。異常だねって、雨の中できみが笑って、羨ましい気がしたとき私はそれになにも名前をつけたくなかった。大切。ってなに。きみに暴力を振るわないこと、きみを傷つけるウイルスや雨を憎むこと、きみにラッキーがくるよう祈ること。私が死んでもきみが不幸になんてならないよう、ずっと遠くに旅に出ること。


しあわせそうな犬と、しあわせそうでない犬なんていうのはいるけれど、私達もきっと他人から見るとそうなんだろうね。北極星がみえるのは、いつの季節もかわらない空だって、誰かが言っている。なにがおきようがどうせ冬はくるから、空洞になったような気分になるねって、季節の変わり目にきみは絶対、いちどは言う。

だれもがきみのことを好きだよ。

だれかが死んでもだれかが最低でも、他のだれかがきみを愛してくれるよ。その確信が私をどんどん不幸にする。ウイルスだけ気にして生きてほしい。きみを幸福にするのはけっきょく、私ではなくて幸運と健康だ。愛なんてない。力なんてない。きみはかわいいよ。最高だ。私がもっと、ばけものみたいにきみを愛せていたら。かわいい、大好き、愛している、だけの生物になれていたら、きみに、不幸になろうって言ってもらえる夢なんて、きっと見ない。

# 時間旅行

きみをしあわせにする人が、世界にいる。そのことをぼくは知っています。
言い出せない悪いこと、見つからない小銭、ぼくたちがやり残した、たく
さんのいびつな過去が、しわ寄せをして、未来の模様を作っていく。
なにもせず死んでいくきみが好きだ。つなひき、なわとび、考えることを
やめて、宇宙の写真ばかり集める。きみに、名前なんてきっといらない。
いつかきみに価値が出ること、
いつかきみを愛する人があらわれること。
きみは犬みたいに信じて待つけれど
こない　未来に、約束されたさみしさが美しさというものです。

幸福やほほえみはいつだって地続きだ。
劣情や焦りに、逆転などありえない。
ぼくはきみになれないし、きみは永遠にぼくにならない。
美しい世界だ。
きみに愛を約束などしない。

きみを愛する人はどこにもいない、そんな予感が透明な色を空に塗って、
きみは今日もぼくのすばらしい友達。
恋に、最後の希望をかけるような、くだらない少女にならないで。

好きだった音楽をきいて心が暴発しなくなったら、
私の思春期はつまらない生命維持装置の心臓に
殺されたってことだろう。
恋のような苛立ちや焦りが、結局は性欲だったこと、
ただの大音量に本能で反応していたこと。知っていたよ。
私のスカートの下には肌がある。それは猫や犬と同じよ。

スピーカーの詩

死ぬことで証明できる愛なんて、一瞬です。
きみは泣いて、葬列した翌日、別の人と恋をする。
石鹸　泡　飛べるぐらいならという、ぼくの衝動。
生きていて、と願われることがどれほど幸福だったか、
知らなかった。
母さん、遠くで、小田急線が
ぼくではない誰かをあなたの町へ運びます。
ぼくもあなたも、今日も、孤独です。

線路の詩

# 教室

私の価値がきみの欲望でさだめられるぐらいなら、私は価値などいらないし、愛や希望という言葉の保護もいらない。死んだ魚が、ラブレターで作られた、服を着ている教室。みんな、という言葉に、まぜてもらえなきゃ死ぬんだって。怖いね。

さみしさが、私を、きみに売ろうとする。

愛してほしいというのは暴力だ、だから抱きしめたいと言ってみる。欲情でかたったほうがむしろ、信じられるって、言っていたのはどの子だっけ。だれも好きにならないで、そのまま結婚して子どもを産んで、死ぬ人生は、おだやかで幸福感に満ちていた。


きみ以上にきみを愛する人がいるなら、きみが生きる意味なんてなくなってしまうような、そんな肌をまとって、きみは生きている。好きだよ。心臓を差し出す覚悟で、伝えたかった。今日もクラスメイトが、死ねば話題になれるだろうと機会を狙っている。好きなひとに好きと言えたら、あとは死んでもいいような、

暴力的な感情　夜、さみしいから、きっと、死んでもさみしい、
だれかに愛され、そのひとを置きざりにして、
死んでみたい　夜、昼、朝、

# 孤独ドクドク

「きみのいっていることがなにひとつわからない」と言われることに、さみしさは感じても恥ずかしさを感じる必要はなくて、あおい星がぜんぶ、わたしのことを毎日、理解してくれない。食べたいもの、見たいもの、すべて裏切られて浮かぶ、白い雲のことを思う。愛されたいと叫ぶことで無意味になるたくさんの本当の欲求、お金が欲しい、認められたい、あたたかいおふとんのなかで飽きるまで眠りたい。

教えてくれなくていい、恋の素晴らしさについて、花の美しさについて。歌ってくれなくていい、きみがたとえ天才であろうとも。わたしの名前、それだけをすべてのひとが、知っていてくれるなら。じゅうぶんだったの、それだけがないから、いつも誰かが殴り合っているのを見て泣くしかないの。

人殺しがあった、殴り合い、盗み、窃盗があった。許されないことだとわたしは怒り狂って泣いて、正義をふりかざしてストレスを発散。

ほんとうはそんなことしたいわけじゃない。だれが殺されようが、どうだってよかった。関係がなかった。正しいことを言えば、だれか、わたしをおもいだして、手を差し出し拍手をして、ここから連れ出してくれる予感がしていた。正しさの話をしよう。ここで、なにも得られなかった欲求にとりつかれたぼくらは。死ぬまで。

# 70億の心臓

恋人が死んでしまったことに泣いている朝日の下
わたしたちの心臓が70億個、地面にとても近い高さでさまよっている、あしたから、なにをたべてなにを歌って、もしくはなにも歌わないで、生きていけばいいのか、わからないと泣いている、明るい星がほんとうは、昼間も頭上にでているのだということ、義務教育をおえたひとはみんな、知っているのに、みんな忘れちゃった。

泣いているのはそのせい。

心の底から好きと言いたい、もう一度、誰かに言いたい、言いたい相手が死んでしまって、わたしの言葉はちゅうぶらりん、死んでしまったひと以外をみつけて、言えた告白を、だれか愛だとみとめてくれるのかしら。わたしは、あのひとがすきで、あのひとはしんで、あのひとはとっくにしんで、でもしなかったらしぬまであのひとをすきで、でもしんでしまったからあなたをすきになりましたと、言って、しんじてくれるかしら。細い糸があるし、わたしは自殺なんて、しちゃだめだよ、と思うし、それはわたしのため。わたしのひとつの言葉のため。

パンを食べ、水を飲み、やさいをとらなくちゃと外に出て買物に行く、とおりすがりに見た海の表面にただよう白い光の、生き物みたいな脈、わたしは手のひらに書いたあなたの名前を、海水に溶かしに、空腹のままでかけていく。

# 凡庸の恋人

凡庸さは死にあたいするね、ほそい白いくびの、まわりにある青いマフラーが、ある日空につりあげられてしまうかもね。わたしたちの持つたくさんの音楽が、すべて才能によってつくられたものであることを、奥歯でかみしめて、凡庸を殺そう、といっているプレイリストを眺めて笑う。

ほどよい生活。すばらしい音楽やマンガやことばたちに、かこまれてわたしは、愛やゆめなどといわなくても、微笑みを忘れずにいられる。わたしが愛すること、それは凡庸が殺されてきたその城のなか。血がしみこんだ真っ赤なじゅうたん。凡庸たちが死んでいった、その場所。ダンスを、おしえて。わたしには才能がないけれど、手を取って、そしてそこでうつくしく、踊るためのこつをおしえて。あなたに、教えてもらいたかった。

死んだほうがいいときみは、自らを否定して、かわいいことを書いた日記を消したり、おいしくつくれるホットケーキをもう最後だと言って焼いている。凡庸は死ね。

きみは凡庸。

好き。

たいせつな夢を見た。星がおちてきて、村を焼いている。そのすがたは都会から見ると美しくてたくさんのひとが、絵にかいたらしい。それはすばらしい作品だったらしい。きみはおびえた。光の落下に。わたしは撫でた。きみの頬を。きみは凡庸。凡庸は死ね。とても大切なゆめを、きみだけに話すよ。明日、遠い町にひっこしをしよう。

きみが信じていた本を、書いた人が自殺していなかったこと。
それが夜の星みたいに、きみの瞳を照らす。
死にたいとか、消えたいとか、
いうなら生まれなければよかったのに。
きみはもう失敗したんだよ。忘れたふりをして、
憂鬱をうたいたがっているだけ。

未完小説の詩

音楽がぼくをころす。
青春をころす。
いつか、恨む日が来るだろうと、
わかっていたのに、ぼくは爆音の前へ行く。
音が、
ぼくから引きはがし吹き飛ばした、ちりみたいなものだけが、
ぼくの全てだった。死んだ人の音楽が、ぼくをころす。
かれらがぼくを愛することなど、
永遠にないのだということが、ぼくをわずかに生かしている。

レコードの詩

# 大丈夫、好き。

戦争の映画を見ていたひとが泣きながらかえってきて、私はおいしいパンをやいて、食べさしたりしながら、今日のことを話していたら、昔のことがずっと話にでてきて、まるできみがここにいないみたいだったよ。
私たちが今度ひとをころしに、外にでたとき、たくさんの沈丁花がさいて、月のふりをしている。それでも、走って風になって、ひとを否定してしまえる、そんな私たちが鋭くて好きだよ。だれも正義だなんていってくれないし、だれも愛してくれないけれど、私はきみが好きで、きみは私が好き。愛のことを語らないで。愛にあこがれないで。きみはその概念でいつかころされてしまうからね。不要な愛をあたえられて、不要な嫌悪をあたえられて、求めてもいない感情ばかりにうもれて、本当にほしいひとから、まるい声はきけないんだってことを思い知るんだ、
だから。愛にあこがれないで。しらないで。きみはおとなしく、無垢

な目で、たくさんころして、
大丈夫、好き。

# 冬の長い線

冬の大三角形のひとつが、そろそろ消えてなくなるらしい。そしたら、三角はきっと、冬の長い線として、言い伝えられてしまうんだろう。取り消し線をつけた恋は、なかったことになって、夜から朝に移動する、空の溝に捨てられる。都合がいいことばかり言って、愛とかゆめとか恋とか言ってる大人達みたいな顔になる。細い指だからこぼれていく、感情は、具体的な名前を持つ、感想だけに簡略化されて、きみへは友情、きみへは愛情、よくわからないものへは、無視と、決められていってしまうのね。

ほんとうはきみはあいつを好きじゃない。

好きとか嫌いとかない世界で、きみはあいつを好きにはならない。

楽器の貸し借りと本の貸し借りを、繰り返し行うだけのそれだけの、名前がかわいいあの人、という印象。

それを50年後まできっと忘れず、ふと未来の友人達に、語りたくなるような思い出。

それだけの関係。だったはずだ。

きみは好きじゃない。あいつのことなんて。そしてだからきょう、恋じゃなかったと告げて、かれの顔に線を付ける。さよなら、あなたを忘れます。

愛なんて、恋なんて、ゆめなんて、言わなければきみは、細い針みたいに感情を指先に刺しながら、きみだけの名前をきみ以外の人が、ずっとくちずさむのを聞いていられた。

殺しちゃったね、またひとりの友人を。


（さみしさがいつかきみを殺す。）

## お絵かき

いろんな人が消えて、ふっと私のほうを見るとき、あなたはもうだれもいないつもりでいるような、目をしている。そのころ背景では鐘が鳴っていて、たぶんだれかとだれかが結婚している。空間として私とあなただけが、だれともかかわりのない場所にいて、他の場所はすべて幸福だった。

愛情といえばなにもかもが許されるのは、愛情がうつくしいという前提があるから。絵の具をふんだんに使って、てんてんで光を表現したその表面と、ゆらゆらと不規則に、動くその愛の定義はただの虫みたいだったけれど、ふみつぶされることはない。殺虫剤で死ぬのに。

100年たてば、どうせみんなだれも愛さなくなる。友達がみんなしんでしまう。自分を知っている人が消えてしまう。それにもっと早く気づいておけば、よかったのにって君は思うだろう。人類なんてさっさとやめて、絵画にでもなっておけばよかった。でも私は君が絵なら、冬の寒い日に薪代わりに燃やしていたと思うよ。

美しい人がいると、ぼくが汚く見えるから、
きみにも汚れてほしいと思う感情が、恋だとききました
人が死んだニュース　飛んでいく蚊
愛について語る人間は、
なにか言い訳がしたくて仕方がないだけ。
死ねっていう声を、録音させてください

カセットテープの詩

# あとがき

音痴で、絵が下手で、思ったように踊ることも出来なくて、それでもなにか伝えたい人が、使う道具が言葉であることを、私は知っている。だれでも踊れたら、だれでも歌えたら、ひとは、言葉なんて発明しなかったかもしれない。不自由なところにある言葉。不器用なひとのためにある言葉。言葉にできないなんて、簡単に言わないで。言葉はあまりに乱暴にあなたを区切ることもあるけれど、決して、それだけではないはずだよ。

言葉は、たいてい、情報を伝える為だけの道具に使われがちで、意味のない言葉の並び、もやもやしたものをもやもやしたまま、伝える言葉の並びに対して、人はとっつきにくさを覚えてしまう。情報としての言葉に慣れてしまえばしまうほど。けれど、たとえば赤い色に触発されて抽象的な絵を描く人がいるように、本当は、「りりらん」とかそんな無意味な言葉に触発されて、ふしぎな文章を書く人がいたっていい。言葉だって、絵の具と変わらない。ただの語感。ただの色彩。リンゴや信号の色を伝える為だけに赤色があるわけではないように、言葉も、情報を伝える為だけに存在するわけじゃない。

意味の為だけに存在する言葉は、ときどき暴力的に私達を意味付けする。その人だけのもやもやとした感情に、名前をつけること、それは、他人が決めてきた枠に無理矢理自分の感情をおしこめることで、その人だけのとげとげとした部分は切り落とされ、皆が知っている「孤独」だとか「好き」だとかそういう簡単な気持ちに言い変えられる。けれど、それは本当に、その名前のとおりの気持ちだったんだろうか。いつのまにか忘れてしまう。恋なんて言葉がなくても、私はそれを恋だと思っただろうか？　と、気づかなくなる。私達は言葉の為に、生きているわけではない。意味の為に生きているわけではなくて、どれも私達の為に存在しているものなんだ。

　意味付けるための、名付けるための、言葉を捨てて、無意味で、明瞭ではなく、それでも、その人だけの、その人から生まれた言葉があれば。踊れなくても、歌えなくても、絵が描けなくても、そのまま、ありのまま、伝えられる感情がある。言葉が想像以上に自由で、そして不自由なひとのためにあることを、伝えたかった。私の言葉なんて、知らなくていいから、あなたの言葉があなたの中にあることを、知ってほしかった。

　それで一緒に話したかったんです。

　そんなかんじです。またいつか、お会いできたら嬉しいです。

　ありがとう。

# 初出一覧

望遠鏡の詩　ネット
夢やうつつ　「花椿」二〇一三年一〇月号
きみはかわいい　ネット
図書館の詩　ネット
ライブハウスの詩　ネット
ぼくの装置　書き下ろし
絆未満の関係性について　ネット
まくらの詩　ネット
線香の詩　ネット
恋文　「読売新聞」二〇一三年一一月一八日夕刊
緑　書き下ろし
文庫の詩　ネット
マッチの詩　ネット
きえて　アンソロジー『特別授業〝死〟について話そう』(河出書房新社)
夜、山茶花梅雨　「読売新聞」二〇一三年一〇月二一日夕刊
冷たい牛乳の詩　ネット
ブラジャーの詩　ネット
2013年生まれ　「ユリイカ」二〇一三年二月号
死者と死者　「ユリイカ」二〇一三年二月号
渋谷　ネットで発表したものに加筆修正
きみへ　ネットで発表したものに加筆修正
ヘッドフォンの詩　ネット

| | |
|---|---|
| 電球の詩 | ネット |
| 香水の詩 | ネット |
| LOVE and PEACE | 「現代詩手帖」二〇一一年九月号 |
| 骨の窪地 | 書き下ろし |
| 瞳の穴 | ネットで発表したものに加筆修正 |
| 花束の詩 | ネット |
| マスクの詩 | ネット |
| さよなら、若い人。 | 書き下ろし |
| わたしのこと | ネットで発表したものに加筆修正 |
| 時間旅行 | ネットで発表したものに加筆修正 |
| スピーカーの詩 | ネット |
| 線路の詩 | 「Web Designing」二〇一四年八月号 |
| 教室 | ネットで発表したものに加筆修正 |
| 孤独ドクドク | 書き下ろし |
| 70億の心臓 | 書き下ろし |
| 凡庸の恋人 | 「クイック・ジャパン」一一二号 |
| 未完小説の詩 | ネット |
| レコードの詩 | ネット |
| 大丈夫、好き。 | 書き下ろし |
| 冬の長い線 | 書き下ろし |
| お絵かき | 「現代詩手帖」二〇一一年九月号 |
| カセットテープの詩 | ネット |

最果タヒ さいはてたひ　　詩人・小説家

1986 年生まれ。2004 年よりインターネット上で詩作をはじめ、翌年より「現代詩手帖」の新人作品欄に投稿をはじめる。06 年、現代詩手帖賞を受賞。07 年、詩集『グッドモーニング』を刊行し、中原中也賞受賞。12 年に詩集『空が分裂する』。
14 年、本書刊行以降、詩の新しいムーブメントを席巻、現代詩花椿賞受賞。16 年の詩集『夜空はいつでも最高密度の青色だ』は 17 年に映画化され（『映画 夜空はいつでも最高密度の青色だ』石井裕也監督）、話題を呼んだ。詩集には『愛の縫い目はここ』『天国と、とてつもない暇』『恋人たちはせーので光る』『夜景座生まれ』『さっきまでは薔薇だったぼく』『不死身のつもりの流れ星』。
小説家としても活躍し、『星か獣になる季節』『十代に共感する奴はみんな嘘つき』『パパララレレルル』など。17 年には清川あさみとの共著『千年後の百人一首』で 100 首の現代語訳をし、18 年、案内エッセイ『百人一首という感情』刊行。ほかの著作に、エッセイ集『きみの言い訳は最高の芸術』『もぐ∞』『「好き」の因数分解』『コンプレックス・プリズム』『神様の友達の友達の友達はぼく』、対談集『ことばの恐竜』、翻訳『わたしの全てのわたしたち』（サラ・クロッサン／金原瑞人との共訳）、絵本『ここは』（及川賢治〈100%ORANGE〉との共著）など。

死んでしまう系のぼくらに
2014年 9月15日　初版第 1 刷発行
2023年 5月21日　　　第11刷発行
著者：最果タヒ
ブックデザイン：佐々木 俊

発行者：孫 家邦
発行所：株式会社リトルモア
〒151-0051 東京都渋谷区千駄ヶ谷 3-56-6
TEL:03-3401-1042　FAX:03-3401-1052
info@littlemore.co.jp
http://www.littlemore.co.jp
印刷・製本：シナノ印刷株式会社



Printed in Japan
ISBN 978-4-89815-389-5　C 0092